CARMEN VAZQUEZ-VIGO
Premio Lazarillo

El libro de Verónica

Ilustraciones:
MARIA LUISA TORCIDA

Colección
Punto Juvenil

Edita desde 1866
Magisterio

De este libro existe una FICHA PEDAGOGICA, concebida como un instrumento útil de trabajo. En ella se facilita la motivación a la lectura y se sugieren múltiples posibilidades de utilización del libro.

Coordinación editorial: José Luis Varea

I.S.B.N.: 84-265-7406-8
Depósito legal: M. 28.345-1989
Printed in Spain
Fotocomposición: Hervas
Imprime: Anzos, S. A. - Fuenlabrada (Madrid)

A Verónica,
que ahora es actriz,
aunque de pequeña
quería ser enfermera y sevillana

Yo y mi familia

Ya empiezo equivocándome. Ahora me acuerdo de que uno se tiene que poner detrás: «MI FAMILIA Y YO». Pero no sé por qué. Hay muchas cosas que no sé. Tal vez me entere cuando sea mayor.

Mi madrina se llama Verónica, como yo. Mejor dicho, yo me llamo como ella. Es guapa, aunque ya no es joven. Lo menos tiene treinta años.

Le gusta escribir y a mí también. Por eso me regaló este cuaderno gordito donde escribo ahora, con muchas hojas en blanco y un árbol con plátanos pintado en la tapa. Creo que es una palmera.

Voy a contar aquí cómo es mi familia y todo lo divertido y emocionante que me ha pasado en la vida: cuando me metí a detective, el lío con las patas del cangrejo, la visita de la niña china, la ciencia metida en un pozo y... bueno, todo lo que me venga a la cabeza.

A lo mejor con este libro me hago famosa, como esa señora que vino un día al colegio y que ha escrito muchísimos. Me llevé una sorpresa, porque yo pensaba que los escritores, especialmente los famosos, estaban todos muertos.

Yo no soy guapa como mi madrina. Tengo los dientes demasiado grandes, los brazos demasiado flacos y las orejas demasiado coloradas. Estoy llena de demasiados.

Si por lo menos mamá no se empeñara en peinarme con coletas, el pelo me taparía las orejas y no se me pondrían más coloradas aún cuando empieza a hacer frío.

Para colmo, cuando me ducho, se esconden dentro del gorro, se me olvidan y... Supongo que esto me pasa porque no me gustan.

A veces no sé si soy mayor o pequeña. Si hay que hacer algún recado me dicen que ya soy bastante mayor para ayudar; pero si quiero quedarme por la noche leyendo o mirando la tele, me dicen que todavía soy muy pequeña para acostarme tarde.

Claro que los mayores también tienen problemas. No pueden pensar lo que serán más adelante y cambiar de idea varias veces porque no les queda tanto tiempo. Tampoco pueden jugar a la goma en la acera o a las chapas en el parque. Esto es lo peor.

Yo, de pequeña, quería ser princesa, exploradora y tener el pelo largo. Hasta ahora lo único que he conseguido es tener el pelo largo. Y ya no me interesa ser exploradora, porque en la selva, según me han dicho, hay muchos mosquitos. Princesa, menos todavía. He visto que deben aguantar muchos discursos, con lo aburridos que son, y ponerse pamelas que ni siquiera tapan las orejas.

Ahora, además de escritora, pienso ser enfermera y sevillana.

A las enfermeras a veces les hacen estatuas por cuidar a los heridos, como esa que estuvo en una guerra antigua y se llamaba Florence porque era inglesa.

Mamá me contó su historia y era tan bonita, tan emocionante, que al final tuvo que dejarme un pañuelo para que me sonara la nariz.

Sevillana me gustaría ser para andar todo el día con uno de esos preciosos trajes de lunares y volantes.

Se me ocurrió contárselo a mi hermano Jaime y se rió de mí diciendo que nunca se ha visto a nadie poner inyecciones vestido de esa manera. No sé por qué. Los enfermos se animarían mucho.

Jaime tiene once años, dos más que yo, y se da mucha importancia desde que le publicaron un cuento en la revista del colegio.

La protagonista era una rana que se convertía en príncipe. Yo me quedé un poco mosca porque me parece que ese cuento yo lo había oído antes.

De ranas de charca, de las que no se convierten en príncipes ni en nada, sí que entiende. Las cría en una caja de zapatos, debajo de su cama.

Nadie lo sabe más que yo. Y me dijo que si le descubro el secreto dejo de ser su hermana para el resto de la vida.

Como me gusta seguir siendo de su familia, aunque a veces se ponga tan pesado, no dije nada. Ni siquiera que les dio a las ranas las gambas que mamá compró para la paella y que se pasó buscando inútilmente todo el domingo.

Mi hermana Paula es bastante más tratable. Quizá porque es más pequeña. Ahora está empezando a andar y a meter los dedos en los enchufes. Y menos mal si son sólo los dedos.

A su edad, Jaime metió un destornillador y salió disparado de punta a punta del pasillo, con los pelos tiesos. Mamá todavía se pone blanca cuando lo recuerda.

Me divierte darle el puré a Paulita y ver cómo lo desparrama por la alfombra y los muebles si le dejo la cuchara para que coma sola. A mamá, en cambio, esto no le divierte nada.

Tampoco quiere que hagamos ruido cuando mi hermana duerme, porque si se despierta de golpe se pone a dar gritos que se oyen en toda la casa. No me extrañaría que acabe siendo cantante de ópera.

La abuela, que es la madre de papá y profesora de piano, tampoco puede tocar hasta que Paulita se levanta.

Aquí pongo la abuela porque este es un libro personal y secreto, pero a ella le fastidia que la llamemos así. Le gusta más Beli, que es como la llamaba Jaime cuando empezó a hablar.

A mí eso de Beli me parece un nombre ridículo. Seguramente ella lo prefiere porque lo de abuela suena a vieja.

He descubierto que esa es otra de las manías de los mayores: no quieren ser nunca viejos. Por eso la abuela se pone en el pelo un potingue que se llama «rubio champán nacarado» y sale todas las mañanas a dar vueltas a la manzana para no engordar.

Yo creo que los viejos hacen falta en el mundo porque saben muchas cosas que los demás no sabemos. Como han tenido tanto tiempo para aprender...

Beli es muy maja, pero por su trabajo no está mucho en casa para contar cuentos, como he oído que hacían las abuelas de antes. Se ve que las abuelas de esa clase están «en vías de extinción», como pone en mi libro de ciencias donde habla de los ornitorrincos.

Papá y mamá también son majos. Papá tiene el bigote chamuscado porque fuma en pipa, calza el cuarenta y dos, juega al ajedrez y es rubio. Mamá tiene los pies más pequeños, los ojos azules y siempre va de azul. Mamá es azul.

Los dos trabajan en una oficina para que nosotros podamos comer helados, ir a la piscina, comprar cromos y todo lo necesario para la vida. Y cuando vuelven a casa, todavía tienen ganas de preguntarnos cómo nos ha ido en el cole o de arreglar lo que Chus ha roto ese día.

Chus no es de la familia, pero casi. Después de nacer Paulita hacía falta alguien para echar una mano en la casa. Y apareció Chus.

La abuela le abrió la puerta y yo, que estaba a su lado, vi que ponía una cara rara. En cambio a mí Chus me pareció estupenda desde el primer momento.

Era en agosto, hacía mucho calor. Llevaba pantalones cortos y una camiseta con un Supermán bordado en lentejuelas. Sobre los hombros, un chal de esos que venden los indios, rojo, con hilitos dorados y flecos largos. Y en los pies, zuecos.

El único fallo de Chus es que siempre lleva puestos unos cascos en las orejas para escuchar música mientras trabaja y no se entera si llaman a la puerta o suena el teléfono; pero como va cantando lo que oye, alegra mucho la casa.

Tampoco Rayo es de la familia. Tiene nombre de perro porque es un perro.

Se lo vendieron a papá de cachorrito diciéndole que era pastor alemán, aunque cuando creció se vio que era algo así como mezcla de ratonero y liebre, porque corre que se las pela.

Me da mucho que pensar. Puede que no distinga los colores y que para él yo sea amarilla o negra. O que una salchicha le huela a él como a mí una rosa, o al revés. Con los animales nunca se sabe.

Es un rato listo. Esconde sus huesos en los sitios más sorprendentes para que nadie los descubra, pero a veces se los descubren. Como el día que vino una alumna de Beli para la clase de piano y se sentó de golpe en el sillón.

Inmediatamente se levantó también de golpe y soltó un grito. Justo debajo de un cojín, Rayo había escondido un hueso puntiagudo. Y el muy bestia, en vez de disculparse moviendo el rabo o algo parecido, encima le enseñó los dientes.

Rayo tuvo mucho que ver con el asunto de Sherlock Holmes. Aquella vez los dos estuvimos a punto de salir en los periódicos.

Me meto a detective

Fui al encuentro de Jaime para ver si le apetecía una partida de parchís. Me encontré con la puerta cerrada y el cartel con una calavera y dos huesos cruzados que pone cuando no quiere que nadie lo moleste.

Me imaginé lo que pasaba y le pregunté bajito:

—¿Le estás dando de comer a las ranas?

Contestó de mal genio:

—No. ¡Y cállate, que te van a oír!

—Entonces, abre.

—No seas pesada.

Mi hermano a veces se encierra para hacer experimentos que vienen explicados en un libro que le regaló la abuela y que se llama «El pequeño investigador». Dice que de mayor quiere ser sabio, para trabajar en favor de la civilización y la raza humana, o cantante moderno. No lo tiene muy claro.

—Si estás haciendo un experimento, te ayudo —dije.

De nuevo me contestó que no y que me fuera; pero como soy bastante curiosa, insistí:

—Dime qué haces.

—Estudio.

No me lo creí. Eso de encerrarse para estudiar

una tarde entera no lo hace ningún chico normal.

Intenté abrir la puerta y vi que había echado la llave. Entonces empecé a preocuparme de veras y golpeé con todas mis fuerzas.

No le quedó más remedio que abrir; pero en seguida volvió a cerrar con mucho misterio.

Sobre la mesa tenía un libro abierto. Me acerqué, pensando que era verdad lo del estudio y que a mi hermano lo había atacado una peligrosa enfermedad.

—Es una novela policiaca —dijo él, sin duda para tranquilizarme—. ¡De Sherlock Holmes!

Yo sabía que era un detective famoso. Lo había visto en el cine y en la tele.

—¿Y por eso tanto secreto?

Jaime se volvió a sentar, poniendo sobre la mesa sus piernas largas y huesudas, con rodillas grandes como melocotones.

—A papá no le gusta que lea esos libros.

—¿Por qué?

—No lo sé. No tienen nada de malo. Sólo secuestros, robos, crímenes y cosas así. Conviene estar informados.

—¿Para qué? —pregunté sin entender lo que quería decir.

El se rascó una rodilla.

—Para saber qué tienes que hacer si algún día te encuentras con un ladrón o un asesino.

Se me puso carne de gallina al pensarlo, pero al mismo tiempo me gustó la idea. Los que descubren ladrones o asesinos salen en los periódicos y a veces hasta les ponen medallas.

Se lo dije a Jaime y él contestó con una sonrisita francamente odiosa:

—Eso podría hacerlo yo, pero tú...

—¡Mejor que tú! —dije, muy convencida.

Cerró el libro y lo metió en un cajón de la mesa, debajo de unos tebeos.

—Tendrías miedo. Si te encontraras con un simple chorizo saldrías corriendo y chillando como si vieras un ratón.

Las mentiras me indignan. Y más si son tan gordas.

—¿Yo, chillar por un ratón? Una vez cacé uno, lo metí en una caja de polvos y le daba de comer por un agujerito, para que te enteres. Y otra vez cogí una rana de las tuyas y le acaricié la cabeza. ¡Y cuando me pusieron la vacuna de la viruela no dije ni pío!

—¡Qué gracia! Porque la vacuna de la viruela no duele.

—No dolerá, pero muchos gritan.

Lo dije con intención porque Jaime, entonces, bien que gritó. Y antes tuvieron que sacarlo a rastras de debajo del sofá donde se había escondido.

El también debía recordarlo porque frunció la nariz y se rascó la otra rodilla.

—Bueno, pero si te encontraras con un criminal...

—¡Tampoco! —contesté más furiosa todavía—. Las mujeres chillaban y se desmayaban hace mucho tiempo porque era la moda. Como estar gordas y paliduchas. ¿Pero ahora? Ahí tienes a Beli, que hace jogging y todo. ¡Y hasta hay mujeres policías!

N.B.A

—¡Ah! Pero es que ellas aprenden.

La verdad es que la idea de verme frente a un criminal, si era criminal de verdad y no de mentira, no me gustaba mucho; pero para que no lo notara, afirmé:

—Yo también puedo aprender.

Jaime despegó un chicle de la tapa de un cuaderno y se lo metió en la boca.

Recordé lo que Beli dice en estos casos:

—Debe de estar lleno de microbios.

—No. Chus ha limpiado este cuarto anteayer —dijo mi hermano y siguió masticando el chicle que ya no debía saber a nada—. En el libro dice lo que hace falta para llegar a detective. Primero, tener valor. Segundo, no perder nunca la calma. Tercero, ponerse una gorra a cuadros y fumar en pipa.

Era más complicado de lo que me había parecido al principio.

—¿Todo eso es completamente necesario?

—Es lo que dice Sherlock Holmes. Por algo será.

Jaime miró su reloj.

—Es tarde. Tengo que irme al gimnasio.

Se levantó de prisa, cogió su bolsa de deporte y salió del cuarto diciendo:

—No se te ocurra tocar la caja de las ranas, que lo mismo se escapan.

Yo volví a cerrar la puerta y saqué la novela del cajón para aprender mejor a ser detective.

Iba ya por la cuarta o quinta página cuando oí ladrar a Rayo. No le hice caso y seguí leyendo; pero Rayo es muy cabezota. Como quería entrar, además de ladrar rascaba la puerta con la pata.

Esto ya era peor, porque mamá se enfada y dice «este perro lo va a destrozar todo». Una vez llegó a amenazar con mandarlo a la finca de unos amigos porque «los perros no son para vivir en un piso».

A mí me parece que los perros deben vivir donde viven sus amos, tanto si es finca, chabola o piso corriente, como el nuestro. Y que no es justo regañarlos porque rayen la puerta o se coman las patas del piano.

Rayo se comió una y hay que ver la que armó la abuela. Y eso que el piano siguió sonando igual que antes, sin que le faltara ni una nota.

En cambio a las personas no les dicen nada aunque hagan cosas por el estilo.

Amelia, por ejemplo, la vecina del tercero, entró un rato para enseñarle a mamá un frasco de leche limpiadora que se había comprado. Mientras le explicaba lo suave y blanco que dejaba el cutis, el frasco se le escurrió de las manos y un segundo después la alfombra era una plasta blancuzca y pegajosa. Bueno, pues le dijeron que no se preocupara, que no había sido nada. Y eso que la mancha no se quitó nunca más y que mamá y Chus tuvieron que pasar horas quitando cachitos de cristal de la alfombra con las pinzas de las cejas.

Pero como más vale no meterse en líos, abrí la puerta para que Rayo dejara de rascar.

Quise seguir leyendo, pero él volvió a ladrar.

Le dije:

—¡Calla, chucho!

Normalmente, cuando lo llamamos chucho se ofende y se calla; sin embargo, siguió venga a ladrar.

Levanté la vista del libro y miré a Rayo como si quisiera fulminarlo. Tenía junto a las patas algo que cogí distraída.

Suele traer zapatillas, un calcetín o una pelota para jugar. Pero aquello era un hueso. Y no de los que Chus echa al cocido, sino un hueso largo y fino, igualito a los que las personas tenemos en las piernas. Estaba segura de haberlo visto en el esqueleto que hay en el colegio.

A mí no me dan miedo los esqueletos, aunque no tengan nada en la cabeza. Más bien me caen simpáticos porque siempre se están riendo.

Para asegurarme miré en la enciclopedia. No estaba equivocada. Lo que Rayo había encontrado, quién sabe dónde, era un peroné.

Primero pensé contárselo a alguien; pero después pensé que ahí tenía la ocasión de demostrarle a Jaime que podía ser tan buena detective como Sherlock Holmes.

Antes de empezar la investigación recordé sus consejos. Valor tenía. Calma, más o menos. Me faltaban la gorra a cuadros y la pipa.

Como papá tiene varias, cogí una que por cierto, sabía a demonios. Y me puse un gorro de Paulita que afortunadamente es a cuadritos blancos y marrones y tapa por completo las orejas.

Para que Rayo me diera una pista cogí el

hueso con dos dedos, como si estuviera envenenado, y se lo pegué al morro diciendo:

—¡Busca, Rayo, busca!

Volvió a ladrar muy contento y salió pitando hacia la calle. Yo, con el gorro y la pipa —no sé cómo podrá aguantarla papá— fui tras él después de esconder el peroné dentro del paragüero.

Dos manzanas más abajo, en la acera, vi una gran mancha oscura que Rayo se paró a olisquear.

Cuando me fijé mejor me di cuenta de que la mancha era color rojo oscuro... ¡color de sangre!

¿Se había cometido un asesinato allí mismo? ¿Dónde estaría el cuerpo del delito, como decía el libro de Jaime? Y suponiendo que Rayo lo hubiera encontrado, ¿cómo pudo sacarle un hueso con tanta rapidez y limpieza?

La respuesta a mis preguntas llegó poco después. De la casa más cercana salía la portera regañando al chico de la tienda.

—¡A ver si andáis con más cuidado! Os dejáis caer el vino y luego me toca a mí limpiarlo. Como si no tuviera ya bastante trabajo con lo que ensucian los vecinos y los chicos... ¡Y los perros! —añadió furiosa al ver que Rayo levantaba la pata justo en el portal.

Antes de que el asunto se pusiera peor nos marchamos de prisa. Rayo olía el aire y yo esperaba que encontrara la pista, la buena, la que nos llevaría al lugar de donde había sacado el peroné.

Dobló la esquina y se detuvo frente a una

casita con jardín. Hizo «snif, snif» con fuerza y, muy decidido, empujó la puerta que estaba entreabierta.

Yo entré detrás. El corazón, o no sé si el estómago, me subía y me bajaba como un ascensor descompuesto.

El criminal debería de andar cerca. El olfato de un perro no se equivoca nunca. Seguramente el cuerpo ese del delito estaba enterrado en el jardín. Rayo había escarbado y...

Pero no. Mi perro atravesó el jardincito sin hacerle ni pizca de caso y se metió en la casa de donde llegaban fuertes voces.

Escuché con atención. Quizá alguien pedía socorro o soltaba gritos de dolor. Los criminales, ya se sabe. En cuanto le toman gusto a la afición, no paran.

Seguí escuchando y comprobé que nadie se quejaba ni pedía ayuda. Eran un hombre y una mujer que discutían.

—¡Le digo, doña Pura, que lo tenía aquí, sobre la mesa!

—Pues yo no he tocado nada —contestó la que debía de ser doña Pura.

—Eso me dice siempre. Pero con esa manía que tiene de cambiarlo todo de sitio cuando limpia...

—Bueno, si prefieres que no limpie...

Hubo un silencio y después un grito.

—¡Ay!

Si no se había cometido un asesinato, se iba a cometer. Se notaba que el hombre estaba muy enfadado porque le habían robado algo de valor. Y si sospechaba de doña Pura...

Yo no podía seguir escuchando en el jardín sin hacer algo para impedir que pasara algo horroroso.

El valor que hace falta para ser detective, según la novela, me iba disminuyendo rápidamente. Sin esperar más junté el poco que me quedaba y entré en la casa.

En un vestíbulo con un gran espejo antiguo vi a un muchacho y a doña Pura que gritaba muy asustada señalando a Rayo:

—¿De dónde ha salido este animal? ¡Fuera, chucho, fuera!

Me cayó mal. Debía de ser una de esas personas que piensan que los perros están de más en todas partes.

—¡Rayo! ¡Ven aquí! —dije. Y él, obediente, se sentó a mi lado.

La cara de doña Pura pasó del susto a la sorpresa. Creo que mi gorro y mi pipa le debieron de parecer algo extraños.

No tuve tiempo de explicar por qué estábamos en su casa. Mejor, porque no hubiera sabido qué decir.

Rayo, de repente, echó a correr por el pasillo y se metió en una de las habitaciones.

El muchacho, que no tenía pinta de asesino y sí de buena persona, lo siguió.

Poco después oímos su voz.

—¡Ah! ¡De modo que eras tú el ladrón! ¡Te voy a...!

Me había dejado engañar por su cara de bueno. Estaba amenazando a mi perro. Debía actuar inmediatamente.

Entré en la habitación dispuesta a vencer o morir y vi a Rayo con el hocico metido en un cajón lleno de huesos de todas clases. Me corrió un frío helado por la espalda. Esos debían ser los restos del famoso cuerpo del delito.

El muchacho seguía dando voces.

—¡El otro día se me llevó un peroné! ¡Un peroné precioso! Ahora me doy cuenta de que ha sido él. No me queda la menor duda.

Pregunté temblando:

—¿Un peroné... de persona?

—¡Naturalmente!

Tratando de aparentar la calma que estaba lejos de sentir, dije:

—Me gustaría saber por qué tienes restos humanos en tu cuarto. Y sospecho que a la policía también le gustaría saberlo.

El soltó una carcajada nerviosa.

—Porque soy estudiante de medicina. Y me cuesta mucho conseguir estos huesos. ¡No son para que se los coma tu perro!

—¡Rayo es inocente! —afirmé, aunque comprendía que las pruebas estaban en contra suya.

—¿Ah, sí? ¡Míralo! Ahora mismo tiene en la boca un etmoides en perfecto estado de conservación. ¡Y a ver quién se lo quita!

Rayo no es muy grande, pero tiene unos colmillos que meten miedo a cualquiera.

—Yo se lo puedo quitar... si quiero —contesté más tranquila que antes. Y Rayo, obedeciendo mi orden, soltó el hueso.

Los dos salimos del cuarto con la impresión de

haber hecho el ridículo, mientras doña Pura decía algo acerca de los niños maleducados que entran sin pedir permiso donde no deben.

Ya en la puerta me volví y pregunté, intrigada:

—¿Qué es un etmoides?

El muchacho me contestó, medio enfurruñado todavía:

—Un hueso del cráneo que está detrás de la frente y de la nariz. ¡Y a ver si me devuelves el peroné!

—Bueno; pero puede que esté un poco chupeteado.

Antes de entrar en casa me quité el gorro y la pipa, y los guardé en el bolsillo. Mi primer trabajo como detective no había terminado muy bien, que digamos. Pero, por lo menos, algo saqué tratando de imitar a Sherlock Holmes: saber lo que es un etmoides.

Miss Mary no sé cuántos

Papá llegó del trabajo, se sentó en su sillón, encendió la pipa y, en vez de ponerse a leer el periódico, que es lo que suele hacer, dijo:

—Los chicos tienen que aprender inglés.

Los demás, que estábamos mirando la tele, nos quedamos con la boca abierta. Todos menos Paulita, que no se entera de casi nada y en ese momento se entretenía en ponerle un lazo en el rabo a Rayo.

La primera en decir algo fue mamá.

—No es mala idea. ¿Pero por qué se te ha ocurrido así, de pronto?

—Porque hoy no se puede andar por el mundo sin saber inglés, nos guste o no. Y porque si yo supiera, iría en representación de la Compañía a Nueva York, en vez de ese inútil de Alcántara.

Estaba de muy mal humor. Por eso no nos atrevimos a rechistar cuando dijo que Jaime y yo debíamos empezar las clases en seguida. Y si no metió a Paulita en el asunto es porque apenas si pronuncia, y mal, unas pocas palabras en su propio idioma.

Al día siguiente apareció una mujer pecosa, con la nariz para arriba y una melenita gris que dijo llamarse Mary...

En el lugar donde pongo los puntos debería poner el apellido, que no pongo porque no lo entendimos. Sonaba como el ruido de cacharros que hace Chus en la cocina o el juego de la fuga de vocales. Ese que deja sólo las consonantes y hay que buscar las vocales que faltan. Algo así como Crzxtmpgh.

Decidimos llamarla miss Mary, que es fácil y bonito, y a ella le pareció bien.

Para empezar, nos dijo que si atendíamos en clase y estudiábamos mucho, nos enseñaría a hacer mermelada de naranja, la verdadera, que fue inventada por los ingleses.

No sé por qué pensaría que semejante premio nos haría ilusión. Jaime hubiera agradecido más un disco o un puñado de gusanos para sus ranas, y yo un botiquín o una peineta, para entrenarme en lo de enfermera y sevillana. De todos modos le dimos las gracias, sin ningún entusiasmo, para que nuestras relaciones no fueran demasiado mal desde el principio.

Cuando llevábamos un rato aprendiendo cómo se dice en inglés «tú eres mi hermano» y «yo soy tu hermana», cosa que no es nada fácil porque se dicen de manera diferente, entró por la ventana un moscardón.

Hay que ver lo que puede ser un moscardón en un momento tan aburrido. Nos pareció que daba vueltas con la gracia de una bailarina y que su zumbido, en vez de ser molesto, resultaba una caricia para el oído.

Me puse a hacer girar el bolígrafo en el aire, imitando los movimientos del bicho. Al mismo tiempo canturreaba una musiquita que a mamá le gusta mucho y que precisamente se llama «El vuelo del moscardón».

Jaime, por su parte, se levantó de la silla donde estaba sentado con cara de mártir y se dispuso a cazar al inesperado visitante.

Nunca creí que una inglesa pudiera ponerse tan nerviosa por algo tan tonto. Eso me hace pensar que no todo es como nos dicen que es.

Mi compañera Gracita, sin ir más lejos, que nació en Málaga, es callada y seria a pesar de que los andaluces tienen fama de ser como unas castañuelas —que también son andaluzas.

Y si fuera cierto que los ingleses no pierden nunca la calma, según nos cuentan, no hubiera visto a miss Mary tapándose la cara con las dos manos y chillando como si le hubiera aparecido un ogro de cuatro cabezas.

En eso entró Chus, que había oído los gritos porque casualmente se había quitado los cascos para peinarse.

Al ver lo que pasaba, y medio muerta de risa, hizo una bola con su echarpe indio y tumbó al moscardón a la primera. Si le da por dedicarse al tiro al blanco, campeona.

Unos días después estábamos en clase aprendiendo los nombres de los meses. En inglés son doce, igual que en español, pero se llaman de modo muy raro.

Los repetíamos una y otra vez, sin grandes resultados, cuando empezamos a oír un ruido extraño. Plop, plop, plop...

Era como si alguien diera saltitos sin zapatos, pero con calcetines.

—¿Será otro moscardón? —preguntó miss Mary. Y se le pusieron pálidas las pecas—. Por si acaso, cerrad la ventana.

Al levantarme para cerrarla tropecé con algo: una caja de zapatos que ya conocía muy bien.

No dije nada, primero porque había prometido guardar el secreto, y segundo, porque miss Mary, que también la había visto, gritaba:

—¡Una caja que anda sola! ¡Y a saltos!

Se subió a la silla y en seguida, para estar más lejos del peligro, a la mesa.

Cambiando de tono, muy bajito, decía algo en su idioma. Creo que rezaba.

Jaime dijo tranquilamente:

—No se asuste, miss Mary. No es un fantasma.

Y se agachó para coger la caja.

Ella se calmó un poco.

—¿Es... un juguete?

—Más o menos —contestó mi hermano—. A mí me entretiene mucho. Mire.

Miss Mary se bajó de la mesa con grandes precauciones y se acercó a él.

Más le hubiera valido quedarse donde estaba, porque Jaime destapó la caja y la rana, al verse libre de su encierro, dio un brinco y chocó justo contra las gafas de la profesora.

Cuando miss Mary volvió en sí, gracias al vaso de vino que le dio Chus —ella tiene mucha fe en las virtudes medicinales de cualquier bebida que

no sea agua—, anunció que jamás volvería a una casa donde pasan cosas tan «shocking».

¿Qué quería decir?

Después de marcharse busqué la palabra en el diccionario: «Shocking: espantoso, horrible».

Miss Mary no volvió nunca más y por eso nos hemos quedado sin saber inglés. También hemos perdido la oportunidad de aprender a hacer mermelada de naranja. Pero a mí no me importa, porque es la única que no me gusta.

Merienda china

Volví del colegio muy emocionada, deseando contárselo a alguien. Y como la primera persona que encontré fue mamá, exclamé:

—¿A que no sabes...?

No me dejó terminar.

—Quítate esos zapatos.

Cierto que hacía una mañana de perros y que yo llevaba un kilo de barro en cada pie. ¿Pero quién piensa en esas pequeñeces cuando trae una noticia importante, realmente importante que contar?

—¡Mamá! —dije sin hacer caso de los zapatos—. ¿Sabes quién ha venido hoy al colegio?

—Un inspector —contestó ella poniéndose en lo peor.

—No. ¡Una niña china!

Se quedó tan fresca. Sólo dijo «ah» y añadió:

—Si no te cambias pronto los zapatos cogerás un resfriado y pondrás el suelo perdido.

Y no sé cuál de las dos cosas le parecía más terrible. Lo de siempre: los chicos somos unos incomprendidos. Y, sin embargo, hay que reconocer que tener una compañera china no es cosa que pase todos los días. A menos que uno sea chino y viva en China, claro.

Como no estaba dispuesta a aceptar un simple «ah» como respuesta a tan extraordinaria novedad, fui al cuarto de Jaime en busca de mejor público.

Estaba muy ocupado mezclando en un tubo de vidrio un líquido marrón con otro amarillo y mirándolo luego al trasluz como si esperara ver al genio de Aladino.

Tampoco él se mostró muy sorprendido por la noticia, pero al menos tuvo la delicadeza de pedir más informes.

—¿Y cómo se llama?

—Margarita.

Contestó algo desdeñoso:

—Para llamarse Margarita no hace falta ser china.

—Pero es que también se llama Wong. Es su apellido.

Jaime se quedó pensativo.

—¿Va con quimono y sombrilla, como la muñeca que te tocó en la tómbola?

A veces me cuesta convencerme de que tengo un hermano tan bruto.

—¡No! Esas son las japonesas.

—Entonces... ¿cómo visten las chinas?

—Margarita lleva camisa y vaqueros, como todo el mundo.

—¿Y sabe cantar en chino? —preguntó Jaime, que cuando decide investigar algo se pone pesadísimo.

Contesté la verdad, que no lo sabía. El movió

la cabeza de un lado para otro, desilusionado.

—Pues si no sabe cantar en chino...

Me dejé llevar por un entusiasmo que no tenía el menor fundamento.

—¡Claro que sabrá! ¡Seguro que sabe! Y va a venir esta tarde a merendar. Le pediré que cante.

Jaime echó el líquido, que había tomado un repugnante color rata vieja, en una taza de porcelana del juego que sólo se usa cuando vienen visitas.

Luego preguntó muy serio:

—¿Y qué le vas a dar de merendar?

Yo no me había parado a pensarlo, pero la contestación me salió enseguida:

—Té.

—¿Y qué más?

—Pues... —tampoco lo había pensado. Dije lo normal en estos casos: —galletas... mermelada... tostadas...

Jaime hizo un gesto que no me gustó. Se veía que me consideraba una ignorante. Y lo demostró empezando una conferencia sobre temas orientales.

—Los chinos tienen un plato nacional que es el arroz. Además comen aletas de tiburón, nidos de golondrinas, perros...

—¿Perros? —repetí con voz temblona.

—No sé de qué te asustas. A lo mejor a ellos les parece igual de raro que nosotros nos comamos las ranas, con lo bonitas y simpáticas que son.

A mí no me parecen bonitas ni simpáticas. Son

más bien feas, con esos ojos saltones y esa boca de oreja a oreja; pero bueno, de orejas prefiero no hablar.

No quise empezar a discutir con Jaime. Lo único que tenía en la cabeza en ese momento era la imagen de Rayo en medio de una fuente, rodeado de patatas y coles de Bruselas. Y casi me pongo mala.

Mi hermano continuaba:

—Si le damos a Margarita esa tontería de galletas y mermelada va a pensar que somos unos ignorantes.

—Bueno, ¿pero cómo le vamos a dar una merienda oriental?

En eso Rayo se acercó meneando el rabo. Entonces me pareció ver una idea diabólica en los ojos de Jaime.

—¡No! —grité—. ¡No vamos a asar a Rayo para que Margarita esté contenta! Porque se pase un día sin comer perro no se le va a cerrar el estómago, vamos, digo yo.

—No sea boba. De todos modos podemos preparar algo original, algo que parezca chino. En la despensa hay muchas cosas.

Había otra dificultad. Los dos estábamos de acuerdo en que mamá a veces es poco comprensiva y no nos iba a dejar revolver en la despensa. Si se marchara, si de pronto recordara que tenía que hacer una compra o una visita, tendríamos el campo libre.

—¿No se quejaba últimamente de una muela? —dijo Jaime—. Podría ir al dentista.

—Hace mucho que le duele. Y a nadie se le

ocurre ir al dentista a menos que lleve una semana en un grito.

—O sin que se le ponga la cara como un balón de reglamento —admitió Jaime.

Limpió el pincel con la manga de su camisa y luego lo puso en un tarro de pepinillos vacío.

—¿Y doña Rosario? —dije de pronto.

—¿Qué le pasa a doña Rosario?

—Estaba muy malita.

—Eso dijo Beli —recordó mi hermano—. Y que no le extrañaría que pasara a mejor vida en el momento menos pensado. A lo mejor ya pasó.

Yo le expliqué mi idea.

—Pero si no pasó, estaría muy bien que la fueran a ver. Y teniendo en cuenta lo viejecita que es, mejor hoy que mañana.

Me comprendió perfectamente y fuimos al cuarto de estar donde mamá leía y Beli se limaba las uñas.

Sin dar más vueltas, dije:

—¿Y doña Rosario?

Las dos levantaron la cabeza, sorprendidas.

—¿Por qué preguntas por ella ahora?

—Por nada. Hace mucho tiempo que no viene y como es tan simpática...

—La verdad es que no sabemos nada de ella —dijo la abuela mirando a mamá—. ¿Qué te parece si vamos un ratito?

Mamá estuvo de acuerdo y yo añadí antes de que cambiara de idea:

—¡Y toda la tarde! Nosotros cuidaremos a Paulita y limpiaremos la verdura para la cena.

Por extraño que parezca, mamá y la abuela no sospecharon nada y se marcharon poco después.

Sin perder tiempo Jaime y yo fuimos a la cocina, abrimos botes de todas clases y preparamos unos platos maravillosos. Paulita se empeñó en colaborar y la dejamos para que no chillara.

Cuando Margarita Wong llegó, la mesa estaba llena de cosas de lo más apetecibles y completamente orientales.

Primero jugamos al dominó, charlamos, y luego decidimos merendar. Teníamos hambre pero, sobre todo, queríamos ver el efecto que le hacía a nuestra invitada lo que habíamos preparado.

—Hemos pensado que preferirías una merienda china —dije, mientras Margarita se llevaba a la boca un canapé de anchoas mezcladas con chocolate y berros.

—O tal vez quieras un poco de licor de la casa —dijo Jaime sirviéndole un vaso del líquido conseguido en sus experimentos, al que había añadido unas gotas de jugo de cebolla. El pobre lloró mucho machacándola en el mortero.

También le ofrecimos compota de pepino y miel, bocaditos de cacahuete con arroz del que sobró del mediodía y unos pasteles de mostaza y patata rallada que parecían salidos de una pastelería. No pudimos impedir que Paulita les pusiera encima, de adorno, unos botones que cogió de la cesta de la costura; pero quedaban bien. Lo único que hacía falta era advertirle a

Margarita que no eran comestibles.

Fue una lástima, pero ella no llegó a probar nada de eso. Todavía con el primer trozo de canapé de anchoas, chocolate y berros en la boca, dijo que se había dejado algo al fuego y se marchó a su casa corriendo.

—Pues yo siempre creí que los chinos eran más educados —dijo Jaime, bastante desilusionado.

A mí también me daba pena ver tanta comida desaprovechada, porque nosotros no somos aficionados a la cocina extranjera.

A pesar de eso, y ya que la habíamos hecho con tanto trabajo, Jaime probó un poco de licor, yo una esquinita de pastel de mostaza, después de escupir el botón, y Paulita se chupó el dedo que había metido en la compota de pepino.

Ella se echó a llorar, limpiándose la lengua con la mano, y nosotros comprendimos perfectamente por qué Margarita se había marchado sin darnos tiempo a preguntarle si sabía cantar en chino.

El pozo de ciencia

Papá anunció la visita de un compañero de colegio que acaba de llegar de los Estados Unidos y se llama Arcadio.

Beli, que lo conoce desde pequeño, estaba entusiasmada.

—¡Qué criatura! Tan serio, tan formalito, con sus libros bajo el brazo a todas horas. Cuando los demás chicos iban a jugar al fútbol, él decía que tenía que estudiar. Y cuando le preguntaban qué pensaba ser de mayor, contestaba: erudito.

Yo nunca había oído una palabra tan rara. Pensé que sería un oficio extranjero.

Papá, al darse cuenta de que ni Jaime ni yo entendíamos, explicó:

—Un erudito es el que sabe todo lo que se puede saber y un poco más todavía.

Beli continuaba:

—Tiene no sé cuántos títulos y ha viajado por el mundo entero. ¡Es un pozo de ciencia!

¿Sería verdad que alguien se entretiene en meter a la ciencia en un pozo? ¿Y para qué? Porque sacarla de ahí debe ser dificilísimo. A lo mejor nadie llega a sabio precisamente por eso.

Hubo muchos preparativos para la cena. Mamá, al salir del trabajo, compró una empanada de mariscos. Beli asó una pierna de cordero. Y Chus quiso hacer, aunque no la dejaron, un cóctel de ron, coñac y vino tinto que, según dice, anima mucho las reuniones.

Jaime y yo tuvimos que poner la mesa pasando un trapo por los platos y los vasos. Una lata. Esto no pasaría si se usaran los de diario, que siempre están limpios. En cambio los buenos, como se usan tan pocas veces, tienen un montón de polvo.

Mientras papá abría unas botellas y Paulita metía los dedos, no en los enchufes, para variar, sino en los agujeros del mantel bordado, llegó Amelia, la vecina. Traía a su hijo Pedrito de la mano.

Nos pidió que lo cuidáramos un rato porque tenía que hacer un recado.

Pedrito acaba de cumplir cuatro años y es simpático, teniendo en cuenta que a esa edad nadie es simpático, sino más bien pesado.

Beli iba de la cocina al comedor diciendo:

—No le deis regaliz, que ensucia el estómago. Ni chicle, que se lo puede tragar. Y que no se acerque a Rayo, no le vaya a morder.

Rayo, a pesar de su apariencia algo salvaje, no ha mordido nunca a nadie. Y ella lo sabe; pero para no escucharla más nos fuimos con Pedrito al cuarto de Jaime. Rayo y Paulita nos siguieron, naturalmente.

¿A qué podíamos jugar con Pedrito? A él no le interesan los experimentos ni las ranas. Tampoco entiende de crucigramas o dominó. Ni siquiera sabe sostenerse sobre unos patines o una

bicicleta. Y aunque supiera: en casa no nos dejan andar con patines o bicicleta, y eso que tenemos un pasillo muy largo que serviría estupendamente.

Jaime y yo nos sentamos en la cama a leer tebeos. Paulita también quiso uno y poco después se quedó dormida. Y como Pedrito decía que estaba aburrido, le dimos un oso de peluche que mi hermana ha metido ya, sucesivamente, en agua, leche y sopa de verduras.

Mientras intentó sacarle los ojos, diez minutos o así, se entretuvo. Luego lo tiró con cara de fastidio y se metió en el cuarto de la abuela.

Fuimos tras él y vimos que cogía una caja de cartón llena de bobinas de hilo, la vació y empezó a arrastrarla por el suelo diciendo muy contento:

—Pabú... pabú... pabú...

Era una idea. Le até una cuerda para que pudiera tirar de ella y Pedrito iba de una punta a otra del pasillo gritando:

—Pabú... pabú... pabú...

Parecía que le hubieran regalado un bólido último modelo, capaz de correr a trescientos kilómetros por hora.

Alrededor de las ocho llegó Arcadio. Era bajito y calvo. No del todo, porque unos pelos, pocos y largos, le salían en lo alto de la cabeza.

Sonreía sin parar, no sé si porque estaba satisfecho de la vida o porque los demás le parecíamos cómicos.

Nos preguntó cómo nos llamábamos, cuántos

años teníamos y en qué curso estábamos. Después nos dejó en paz, dedicándose a contar todos lo detalles de su último viaje.

La más entusiasmada seguía siendo la abuela. Repitió su admiración porque Arcadio, de pequeño, prefería estudiar a cualquier otra cosa y el profesor la escuchaba con los ojos bajos, lleno de modestia, sonriendo constantemente.

Al ver que intentábamos marcharnos sin que nadie lo notara, Beli dijo:

—¿A dónde vais? Pocas veces tendréis ocasión de conocer a una persona como Arcadio. ¿Por qué no aprovecháis para preguntarle algo?

La abuela tiene cada idea...

—Cosas del colegio —continuó ella—. El nombre de una capital africana... cómo se fabrica el vidrio... Tú, Verónica, sueles ser muy curiosa. Arcadio te puede aclarar cualquier duda que tengas.

Me puse colorada hasta las orejas. ¡Siempre mis orejas! Y, por mucho que lo intenté, no se me ocurrió nada.

Mamá, que estaba guapísima con su traje azul, acudió en mi ayuda cambiando de tema.

—¿Por qué no tomamos una copita de jerez?

Papá —le hubiera dado un beso— también habló de otra cosa.

—¿Qué tiempo hace en Nueva York?

Antes de que Arcadio abriera la boca para contestar entró Pedrito tirando de su caja y diciendo:

—Pabú... pabú... pabú...

Entonces se me ocurrió hacerle una pregunta a Arcadio para ver si era tan listo como todos aseguraban.

Puse la caja sobre la mesa y dije:

—¿Qué es esto?

El profesor hizo un ligero gesto de sorpresa; pero luego, siguiendo lo que debía creer un juego, contestó:

—Es un envase de cartón en forma de paralelepípedo con un rótulo impreso que indica su procedencia: «Puig y Farreras. Hilaturas. Manresa».

—No, señor —dije con gran seguridad—. Es un coche.

Me miró como si me hubiera vuelto loca.

—No, Verónica... Es una caja, una caja de cartón.

Pedrito intervino arrebatándonos su tesoro.

—¡Es un pabú! ¡Es mi pabú!

—Claro —afirmó Jaime—. Es un coche que lo mismo anda adelante que atrás, corre o se para cuando Pedrito quiere.

Arcadio resopló y, ya sin sonreír, se pasó la mano por sus cuatro pelos. Beli abrió unos ojos muy grandes, mamá carraspeó y papá echó jerez en los vasos. Estaban pasando un mal rato.

Pero en seguida nos sentamos a la mesa porque apareció Chus con los cascos en la cabeza y la empanada en las manos.

Yo todavía me pregunto una cosa: ¿para qué sirve ser un pozo de ciencia, haberse dejado el pelo en los libros y conocer todo el mundo si no se sabe ver un coche donde sólo parece que hay una caja de cartón?

Las patas del cangrejo

En el colegio la señorita nos preguntó:

—¿Qué sabéis del cangrejo?

Nos miramos unos a otros. Silencio total. total.

—Sabéis poco —dijo ella. No sé cómo se las arregla para adivinarlo siempre todo.

De pronto recordé que yo sí podía decir algo. Levanté la mano.

—A ver, Verónica. Cuéntanos lo que sabes del cangrejo —dijo la señorita Milagros poniéndose en la boca una pastilla de menta. Como tiene que hablar tanto, y a veces más fuerte porque nosotros chillamos, le suele doler la garganta.

—El cangrejo pertenece al reino animal y anda por el agua. Cuando se cuece se pone colorado. Sus costumbres son las de los animales que andan por el agua, pero si le da por andar por la tierra, va para atrás en vez de ir para adelante. Nadie sabe por qué. Se alimenta de otros bichos más pequeños que él, porque si fueran más grandes no se los podría tragar. Se come en la paella y está buenísimo.

Mi explicación no debió dejar muy satisfecha a la seño. Yo esperaba una felicitación pero ella, después de chupar un ratito la pastilla, dijo:

—El cangrejo es un crustáceo que respira por branquias y...

Dijo muchas cosas más. Yo la oía hablar pero no le prestaba atención porque Candi, la compañera que se sienta a mi lado, me estaba enseñando un libro que le acababan de regalar por su santo.

Ella se llama Cándida, pero quiere que la llamen así, Candy, y lo escribe con y griega. Jaime me dice que tira un poco a cursi y creo que tiene razón.

El libro era muy bonito. Al abrirlo saltaba para arriba el salón de un palacio, con arañas de cristal, alfombras que parecen de terciopelo y parejas bailando. Las mujeres, con trajes anchos y hasta el suelo. Los hombres, con esas chaquetas negras y largas por detrás que les dan aspecto de pingüinos. Todo muy elegante.

Cuando me cansé de abrir y cerrar el libro para ver cómo subían y bajaban los bailarines, la seño había terminado la explicación. En ese momento estaba diciendo que para el día siguiente teníamos que llevar un cangrejo disecado, cosido en un cartón y armado igual que uno vivo.

Llegué a casa de mal humor. Tiré el abrigo en una butaca y la bufanda en otra y dije:

—¡Quién habrá inventado los cangrejos!

Jaime estaba haciendo un crucigrama. En vez de interesarse por mi problema, leyó en voz alta:

—«Falta de color en el rostro». Siete letras.

Era muy fácil.

—Enfermo —dije.

—¿Por qué enfermo? —preguntó mirándome por primera vez desde que había entrado.

—Tiene siete letras.

—Sí, pero puede haber enfermos que tengan color. Beli, por ejemplo, se pone amarilla cuando le da el arrechucho al hígado —recordó Jaime con bastante razón.

—Pues pon «enfermo del hígado».

Jaime frunció las cejas, contando los cuadritos del crucigrama.

—No cabe. La dejaré para luego. —Y leyó de nuevo:— «Comunicación entre dos inteligencias sin que medie ningún agente físico». Y empieza por tele...

Me preocupa mi hermano con esas aficiones que tiene. Cualquier día le va a saltar la cabeza en cachitos. Pero quería echarle una mano para que él me la echara después a mí con lo del cangrejo.

—Teléfono... telegrama... tele...

—No sirve ninguna. Tiene nueve letras. Y acaba en «ía». —Inmediatamente exclamó contentísimo: —¡Ya sé! ¡Telepatía!

Lo que digo. Si la cabeza no le salta en cachitos por saber tantas cosas, lo mismo se le encoge como esas que hacen los indios de algún país de América. Las conozco porque Amelia, la vecina, tiene una encima del televisor.

El volvió a leer:

—«Animal mamífero y acuático». Siete letras.

—¡Cangrejo! —exclamé rápidamente.

—El cangrejo no es mamífero.

—¡Pero es acuático!

Jaime preguntó, indignado:

—¿Qué te pasa a ti con los cangrejos?

Se lo expliqué y le pedí que me ayudara. Como entiende tanto de bichos...

—Bueno —dijo él—; pero mi valiosa colaboración te va a costar seis cromos de los de banderas del mundo.

¡Será aprovechado! Dispuesta a no dejarme estafar, contesté:

—Te doy tres.

—He dicho seis.

—Bueno, cuatro.

—Seis.

Me equivoqué al pensar que la cabeza le puede estallar cualquier día. La tiene demasiado dura.

Por lo menos intenté sacar alguna ventaja.

—Está bien, seis; pero ninguno de los difíciles.

Llamamos así a los que no salen casi nunca. Vienen en los chicles, y hay que estar mascando años enteros para tener suerte y que nos toque uno.

Jaime dijo:

—Uno sólo: el de Cuba.

Me revolví, indignada.

—¡Qué gracioso! Candy me lo cambió por una caja de bombones, un cinturón con clavos y medio frasco de colonia. ¡Me salió carísimo!

A mi hermano no lo bajaba nadie de su burro.

—Tiene que ser el de Cuba. Pero —agregó condescendiente—, te pintaré el mar con acuarelas cuando te manden hacer un mapa.

Lo pensé despacio. A mí las acuarelas se me dan muy mal. Se me emborronan y no se sabe si lo que pinto es un mar, una selva o una familia de rinocerontes.

Acepté, qué remedio.

Fuimos a la pescadería, compramos unos cuantos cangrejos y le pedimos a Chus que los cociera.

Ella no entendía por qué nos interesaban sólo las cáscaras; pero se puso muy contenta cuando la invitamos a comer lo de dentro. Se chupó los dedos y encima se tomó un vaso de vino. Esa mañana trabajó más de prisa que de costumbre, al ritmo de la música que se le mete derecha en las orejas.

Después de lavar bien las cáscaras las pusimos a secar y mientras tanto, jugamos a los hospitales.

Jaime, como siempre, quiso ser el que más manda: el médico. Yo era la enfermera. Y no me importó porque así, practicando, puedo llegar a ser famosa y que me hagan una estatua como a la Florence inglesa.

Paulita era la enferma. Más que enferma, accidentada. El «doctor» dijo que tenía una pierna rota por varios sitios. Había que entablillarla.

Mejor se le hubiera ocurrido otra cosa, porque buscamos por toda la casa dos tablas apropiadas y no encontramos ninguna. Finalmente, Chus, que tiene solución para todo, nos dio dos cucharas largas de madera, de las de la cocina. Se las atamos a mi hermana con una cuerda, bien fuerte, a los lados de la rodilla y quedó tan bien que no podía doblar la pierna. Tenía que andar a saltitos.

Al principio se reía diciendo «nena, pupa», pero en seguida se cansó del juego y empezó a chillar como si la estuvieran matando.

Beli apareció asustada y después de quitarle la cura, de consolarla y de llamarnos salvajes, se la llevó a su cuarto.

Daba igual, porque los cangrejos ya estaban secos. Cogimos un caparazón, lo rellenamos de algodón y lo cosimos sobre una cartulina fuerte.

Hasta ahí todo iba bien, pero con las patas del cangrejo el asunto se complicó. Se deshacían apenas las tocábamos, convirtiéndose en algo parecido a polvo de ladrillo. Menos mal que habíamos comprado más de un cangrejo.

Yo me estaba poniendo muy nerviosa.

—¡Para qué querrán estos bichos tantas patas! —protesté.

Jaime, según su costumbre, contestó con tono de maestro:

—Unas son para atrapar las presas. Otras son para moverse. Y otras son...

Estaba claro que de ahí no pasaban sus conocimientos. Terminó su explicación diciendo:

—Bueno, todas sirven para algo.

Finalmente, entre lo que quedaba de uno y otro cangrejo, conseguimos formar uno bastante bonito.

Al día siguiente pasé un mal rato en el autobús del colegio. Todos me miraban porque el cangrejo, mejor dicho, sus restos, olían como un bar en domingo al mediodía.

Después fue todavía peor. La señorita Milagros lo observó detenidamente y exclamó:

—¡Este animal es un fenómeno! ¡Veintiséis patas para un sólo cangrejo! Habrá que llevarlo al Museo de Ciencias Naturales.

Y para que no hubiera más confusiones, explicó que los auténticos cangrejos de río tienen cinco pares de patas ambulatorias y tres de patas natatorias. En total, dieciséis patas. El mío era una especie de monstruo del Doctor Frankestein.

Me sentía muy enfadada con Jaime. Y desilusionada también. Ahí se demostró que no sabe de animales tanto como dice; pero él se limitó a contestar:

—¡Bah! Tu seño es demasiado exigente. Pata más, pata menos, da lo mismo.

De ahora en adelante no pienso pedirle ayuda. Me resulta inútil y cara, porque el cromo de Cuba, a pesar del fracaso del cangrejo, no me lo ha querido devolver.

El fin de Marilú

Beli tiene un baúl que es como el tesoro de un pirata. No es que quiera compararla con Sandokán o el Capitán Garfio; quiero decir, solamente, que de ese baúl salen cosas preciosas y fantásticas: blusas bordadas con cristalitos, sombreros con plumas y flores, collares de cuentas de colores, libros forrados de seda y zapatos con tacones tan altos que no me extraña que ahora se esté quejando siempre de los pies.

A ella no le gusta que yo ande hurgando en todo eso. No sé por qué. Ya no lo usa y en cambio a mí me vendría muy bien para jugar al teatro.

Una de tantas cosas que no comprendemos. Los mayores son gente difícil de entender. Por ejemplo, mamá que suele decir que no meta las manos en los bolsillos. Y ella, en cuanto sale a la calle, las mete en los bolsillos de su abrigo a cuadros azules.

Papá hace algo por el estilo. Si traemos malas notas del colegio frunce las cejas y asegura que él, a nuestra edad, aprobaba con sobresaliente; pero un día la abuela nos contó que papá tuvo que pasarse varios veranos sin vacaciones para examinarse en septiembre. ¿Será que tienen mala memoria?

La semana pasada la señorita Milagros nos pidió que escribiéramos algo sobre el otoño.

No sé qué harán otros para buscar ideas. Yo me enrollo el dedo en un mechón de pelos hasta que, sin darme cuenta, me arranco unos cuantos.

Jaime, por seguir con los ejemplos, chupa la punta del bolígrafo. La que pinta no, la otra. Y mi amiga Candy, como tira a cursi, mira para arriba poniendo los ojos en blanco como si la inspiración estuviera colgada del techo y se fuera a compadecer de su cara de pena.

Por cierto: los que dicen que la inspiración es una señora guapa, vestida de tules, que viene en caso de apuro para soplarnos al oído lo que debemos escribir, cuentan una grandísima trola.

En casos parecidos yo la llamé no sé cuántas veces y no oí nada. La única que me sopla es Virginia, otra compañera. Y sólo si me ve muy desesperada o le prometo una bolsa de patatas fritas.

Mi consejo es quedarse sentado hasta que parecen salir pinchos de la silla. No hacer caso del ruido de la calle, del libro de cuentos que está ahí, tan cerquita, ni del programa de la tele que empieza justo a esa hora. Pensar fuerte y solamente en lo que hay que escribir.

Con un poco de suerte las ideas van viniendo. Y si enrollarse el pelo, chupar el boli o mirar al techo da resultado, pues también vale.

La reacción, aunque me esté mal el decirlo, me salió chupi. Puse pensamientos poéticos, como «el otoño se lleva las hojas de los árboles para que la lluvia los pueda lavar mejor» y «las castañas son bombones calentitos que en vez de ir envueltos en papel de plata van envueltos en cáscaras. Además, salen más baratos».

Candy, que a veces es envidiosa, arrugó la nariz y dijo que eso lo había copiado yo de un libro. Pero la señorita me felicitó y me convidó con una pastilla de menta.

Enseguida lo conté en casa. Todos se pusieron muy contentos menos Jaime. Dijo que para felicitarme yo tendría que haber escrito por lo menos, algo tan original como su cuento, el de la rana que se convierte en príncipe. ¡Tendrá valor!

Cuando estábamos a punto de pelearnos, la abuela me dio permiso para sacar lo que quisiera de su baúl. Era un premio estupendo.

En el fondo, debajo de los trajes, los sombreros y los zapatos de tacón que ya conocía, encontré una muñeca. Era la primera vez que la veía.

Tenía mofletes gordos y rosados; ojos azules, como los de mamá, que se abrían y se cerraban; labios entreabiertos que dejaban ver unos dientes diminutos; orejas pequeñísimas y tan blancas como yo quisiera que fuesen las mías.

El pelo, largo y rubio, dijo la abuela que era natural. Y añadió, con esa sonrisa medio alegre, medio triste que pone cuando se acuerda de su niñez:

—¿Verdad que es muy bonita?

A mí me gustan más las muñecas de trapo, con patas largas y pelo de lana, que se pueden poner en cualquier lado sin miedo a que se rompan; pero le dije que sí, que era muy bonita.

—Ten cuidado, no se te caiga —dijo Beli—. La cara es de porcelana. ¡Ah! Y se llama Marilú.

—¡Qué nombre más raro!

—Era el de una revista que se publicaba entonces y yo leía todas las semanas.

En eso vino mamá trayendo a Paulita.

—Verónica, ¿por qué no juegas un rato con ella? La pobre está aburrida.

Mi hermana debió adivinar que yo iba a decir que jugara sola, porque se miró el dedo que se pinchó hace más de un mes y se quejó muy compungida:

—Nena, pupa.

Con lo pequeña que es, hay que ver cómo se las arregla para conseguir lo que quiere.

Llevé a Paulita y a Marilú a nuestro cuarto. Después de peinar a la muñeca con una coleta y de ponerle gafas de sol, quedó algo más moderna.

Mi hermana quiso pintarle bigotes con un rotulador, y como le dije que no, empezó a tirarle de las piernas hasta que le quitó los zapatitos que llevaba.

Pensé con horror en la cara que pondría Beli si le dábamos un porrazo y se hacía trizas.

Puse a Marilú en la cama, la tapé con una punta de la colcha y le dije a mi hermana:

—Está muy malita y va a venir el doctor. Tú no la toques, ¿eh?

Vino el doctor, que era yo; hice como que le tomaba el pulso pensando, al mismo tiempo, dónde tendrán el pulso las muñecas.

Luego le toqué la frente y le receté un jarabe para la tos.

El jarabe lo preparamos entre Paulita y yo con agua, acuarela color verde y galleta aplastada. Olía tan bien que llegué a creer que Marilú lo tomaría encantada.

No me equivoqué. Cuando la saqué de la cama, bien envuelta en una falda escocesa, y le di una cucharadita, no dijo ni pío.

Mi hermana quiso hacer lo mismo.

—A mí... a mí... a mí...

—No —le contesté—. Todavía está mala y te puede pegar la enfermedad.

Mamá me llamó desde el pasillo.

—¡Verónica! ¡Teléfono!

Era Candy. Me llama cien veces al día por cien cosas distintas: para hacerme escuchar un disco «diviiiiiino» que le acaban de regalar. Lo dice así, como si para ella la palabra «divino» tuviera más íes que para la demás gente. Para consultarme si le sienta mejor el amarillo o el verde, porque le van a hacer un vestido. Pero, casi siempre, porque se le olvida lo que nos han puesto de deberes.

Me tuvo una hora al teléfono preguntándome si el problema era para el martes o para el viernes y si había que usar la regla de tres simple o la regla de tres compuesta. Una lata.

Por fin colgué y volví al dormitorio, preocupada por la vida de Marilú.

No tenía la cabeza rota, por suerte. Paulita la sujetaba con mucho cuidado y le iba dando cucharadas de jarabe, una detrás de otra.

Poco después nos llamaron para merendar y nos olvidamos de la muñeca.

A la noche la abuela preguntó por ella.

—La guardaré en el baúl —dijo—. Pero como habéis sido tan juiciosas os la dejaré siempre que queráis.

—¡Dios mío! ¿Qué le habéis hecho?

Apareció con Marilú entre las manos y a punto casi de llorar.

Misteriosamente, de la cabeza para abajo, la muñeca se había convertido en una masa blanduzca y pringosa que se quedaba pegada a los dedos.

No podía comprender lo sucedido.

Lo supe cuando Beli recobró la tranquilidad y explicó, entre suspiros, que el cuerpo de Marilú era de «papier maché».

—¿Y qué es eso? —le pregunté.

—Una pasta de papel que se puede modelar y queda muy dura cuando está seca. Pero si la habéis mojado...

—No, no la hemos mojado, Beli, de veras.

De pronto me acordé del jarabe y de todas las cucharadas que Paulita le había dado mientras yo hablaba con Candy.

¿Habrían sido muchas?

Miré disimuladamente el frasco: no quedaba ni una gota. La infeliz Marilú había sucumbido a causa de un exceso de medicamentos.

Músicos fracasados

A la hora de la cena suelen pasar cosas bastante trágicas. Estábamos todos; papá, mamá y la abuela ya no tienen prisa por marcharse, como al mediodía, y es cuando aprovechan para hablarnos de los problemas de la vida en general, y en particular de otros igual de fastidiosos.

Los más corrientes son: que no estudiamos bastante, que dejamos la ropa desparramada por los muebles en vez de colgarla en el armario, que vamos al colegio con los zapatos sucios o que no hemos saludado en la escalera al doctor Ríos.

El doctor Ríos vive en el piso de arriba y siempre le decimos hola. Lo que pasa es que está sordo y no se entera. Y encima se queja a nuestros padres.

Aquella noche, mientras cenábamos, Beli repitió lo que había dicho otras veces:

—Es una pena que los chicos no sepan música.

Y nos miró como si de repente nos hubiéramos quedado cojos y mancos.

Para no tener que contestar, Jaime bebió un vaso de agua entero y yo me metí en la boca un trozo de pescado tan grande que estuve a punto de ahogarme.

Paulita no necesitaba hacer nada porque la cosa no iba con ella. Siguió golpeando el puré con la cuchara y diciendo «plas, plas, plas», al tiempo que saltaban sobre el mantel pegotitos de patata y zanahoria machacadas.

—Ya lo intentaste otras veces y no conseguiste nada —dijo mamá a la abuela.

—¡La música es algo hermoso! —dijo papá entrecerrando los ojos—. ¡Yo siempre soñé con saber tocar la bandurria!

Vi que mamá sonreía antes de taparse la boca con la servilleta.

Quise preguntarle a papá qué era una bandurria, pero Jaime se me adelantó.

—¿Y por qué no aprendiste, papá?

—Porque entonces no teníamos dinero para pagar al profesor. Ahora, afortunadamente, vosotros sí podéis estudiar. ¿Qué instrumento os gustaría más?

—¡Las castañuelas! —contesté, pensando que irían muy bien con el traje de sevillana.

Mamá volvió a sonreír. En cambio papá y Beli se quedaron muy serios. Luego, los dos miraron hacia el piano que está en el comedor.

Siempre estuvo ahí. Cuando yo andaba a gatas me gustaba apretar con las manos los pedales, dorados y brillantes, para ver si salía algún sonido. No, no salía nada. Y no comprendía que la abuela consiguiera hacerlo sonar tan bien.

Ahí sigue, igual que entonces. Bueno, igual, igual, tampoco. Ahora tiene una pata comida por Rayo; pero sigue el mismo tapetito de seda bordado tapando el teclado y, encima de todo, el busto pequeño de un señor con boina.

Una vez le pregunté a la abuela si era un músico vasco y ella me explicó que era alemán y se llamaba Wagner. Me llevé una sorpresa. No sabía que los alemanes también usaran boina. El resultado de aquella trágica cena fue don Marcial, el profesor que vino a darnos clasé a Jaime y a mí.

Era alto y flaco. Caminaba encorvado, como casi toda la gente alta y flaca, y se comía las uñas.

Hay que ser mayor, y tal vez profesor de piano, para poder moderse las uñas a gusto. A nosotros, en cambio, nos regañan si lo hacemos.

Antes de que viniera por primera vez, Chus nos animó.

—La música ayuda a hacer las cosas con alegría y bien —dijo, mientras secaba un plato al ritmo de la que estaba oyendo a través de los cascos. Y un segundo más tarde el plato se le caía al suelo haciéndose añicos.

Mientras íbamos en busca del cepillo y el cogedor, Jaime declaró que lo había pensado mucho y que le convenía aprender música para ser cantante moderno.

—¿Pero no querías ser sabio? —le pregunté.

—Una cosa pega con la otra —me contestó—. Einstein tocaba el violín.

Luego me enseñó una fotografía del tal Einstein que tenía clavada con una chincheta en su cuarto: un señor con pelo blanco alborotado que sacaba la lengua. Me cayó simpático.

—¿También estudiaba las ranas? —le pregunté a Jaime.

—No, pero gracias a él se inventó la bomba atómica.

A mí las bombas, atómicas, de mal olor o de cualquier otra clase, no me gustan nada.

—¡Pues vaya! —dije—. Para eso más vale no ser sabio.

—Es que después se arrepintió —explicó mi hermano.

—¿Y se puso a tocar el violín?

—Algo así.

No me quedé muy convencida. Primero hacen las bombas, después se arrepienten y, mientras tanto, el mundo hecho un desastre.

Desde las primeras clases con don Marcial nos dimos cuenta de que la música no es tan fácil como parece. No podíamos tocar el piano, que era lo que nos hacía más ilusión, sin aprender antes un montón de reglas y nombres raros.

Para colmo, él no tenía mucha paciencia. No comprendía que yo no acabase de saber cuántas líneas hay en el pentagrama y que mi hermano se empeñara en que las notas musicales son seis o siete, según.

Un día nos llamó «pequeños monstruos de ignorancia». Sentí que las orejas se me ponían más coloradas que nunca. Que nos llamara ignorantes podía pasar, no le faltaba algo de razón; pero lo de mostruos era demasiado.

Nuestras relaciones con don Marcial iban de mal en peor. Cada vez que nos equivocábamos, y eran muchas, se comía hasta las uñas que no le quedaban. Y cada vez que nos regañaba, y eran muchas también, nosotros estudiábamos planes de venganza.

—Le podíamos meter lombrices en el bolsillo —propuso Jaime contando con las que tenía en su cuarto.

—Mejor sería ponerle en el bolsillo una cerilla —dije yo.

—¿Y dónde está la gracia?

—En que se la pondríamos encendida.

Yo cuando me enfado, me paso.

No llegamos a cumplir nuestros siniestros planes, pero tampoco aprendimos cuántas notas tiene la escala musical ni cuántas líneas tiene el pentagrama. Y eso que, según me enteré más tarde, la palabra misma lo dice: cinco.

A las preguntas del profesor contestábamos con un silencio total, adornado con suspiros y meneos de cabeza; pero él no se desanimaba. Al contrario, chillaba como un loco asegurando que nos haría aprender música aunque tuviéramos rodillas donde las personas normales tienen los oídos.

La abuela no comprendía lo que pasaba.

—Parece mentira... ¡Con el espíritu tan musical que he tenido yo siempre! —Y suspiraba mirando al señor Wagner.

Por fin, en vista de que el silencio y la indiferencia no daban resultado, decidimos hacer algo más eficaz.

Para eso necesitábamos la ayuda de Chus. Nos costó bastante conseguir que estuviera de acuerdo, pero como es muy buena amiga y además le prometimos secarle los platos durante una semana entera, dijo que sí.

En casa estábamos sólo los tres y el profesor llamó a la puerta a la hora en punto.

Chus fue a abrir y sin dejarlo entrar, siguiendo el plan, dijo:

—Los niños no pueden dar la clase.

—¿Por qué?

—Porque están enfermos.

Don Marcial contestó con un tono amable que no le conocíamos:

—Sí que lo siento. Pasaré a verlos.

Jaime y yo le hicimos gestos a Chus. Tenía que impedirlo a toda costa.

—Imposible —dijo ella—. Lo que tienen es contagioso.

—¿Ah, sí? ¿Y qué es?

Chus se vio en un apuro. Nos miró, desesperada. No debía conocer enfermedades que fueran muy, pero muy contagiosas.

A medida que le íbamos soplando repitió:

—Sarampión... Viruela...

—¿Viruela boba? —preguntó el profesor.

—Negra —apunté yo por lo bajo.

Chus repitió muy convencida:

—Negra. De la más negra que hay. —Y ya embalada, agregó por su cuenta—: Tienen peste de esa que traen las ratas.

—¿Peste bubónica? —preguntó don Marcial espantado.

—Sí, por este barrio anda mucho.

Ella, animada por su éxito, continuaba:

—Y eso no sería nada. También han cogido la

fiebre amarilla y se han aplastado un dedo con la puerta del ascensor.

—¿Los dos?

—Los dos. ¿Verdad que es una pena?

—Ya lo creo... Bien. Volveré cuando se hayan curado.

—¡Huy! Pasará muchísimo tiempo —dijo Chus—. Como están tan malitos...

Conseguimos nuestro propósito. Don Marcial dejó de venir y, al cabo de unas semanas, la abuela dijo:

—¿Qué le pasará al profesor? ¿Estará enfermo?

Yo contesté que seguramente sí, porque ya le habíamos notado mala cara; pero desgraciadamente don Marcial es una persona muy educada y más adelante llamó por teléfono para preguntar si estábamos mejor y si habían exterminado a las ratas del barrio.

Papá contestó que jamás nos había visto tan sanos y que el nuestro era un barrio limpísimo, con lo cual acabó aclarándose todo el asunto.

A la hora de la cena, la hora trágica, papá nos preguntó severamente qué podíamos decir para disculparnos.

—No servimos para músicos —confesé sintiendo que las orejas me ardían.

—¡Imposible! —exclamó la abuela—. Sois de mi misma sangre y yo llegué a dar conciertos en el Casino de Río Seco. ¡Y con mucho éxito, modestia aparte!

—¿Dónde está Río Seco? —preguntó Jaime, que no tiene el menor sentido de la oportunidad.

Beli, más ofendida todavía, dijo a papá:

—¡No debes perdonarlos! ¡Son un par de embusteros!

—¡Teros! ¡Teros! —repitió Paulita muerta de risa, echándose por encima las natillas que había para postre.

Mamá no hizo caso de eso. Nos miraba sonriendo. Y sus ojos eran más azules que nunca.

—Yo tampoco tengo buen oído. Se ve que los chicos han salido a mí.

Qué le vamos a hacer: no servimos para la música. Aunque, quién sabe. Tal vez, si nos pusieramos boina, como el señor Wagner...

INDICE

Págs.

Yo y mi familia 7
Me meto a detective 19
Miss Mary no sé cuántos 35
Merienda china 45
El pozo de ciencia 57
Las patas del cangrejo 67
El fin de Marilú 79
Músicos fracasados 89

Colección
Punto Juvenil

TITULOS PUBLICADOS

1. **El bosque de los castores,** de Philippe Ebly.
2. **Puertas afuera,** de Molly Gloss.
3. **El viaje de Doble-P,** de Fernando Lalana.
4. **El robot que vivía su vida,** de Philippe Ebly.
5. **La expedición del pirata,** de Jack London.
6. **Fuera de juego,** de Norbert Müller.
7. **Magallanes y Elcano, audacia sin medios,** de Isidoro Castaño.
8. **Pocachicha,** de Fernando Almena.
9. **Tim el salvaje,** de Gary L. Blackwood.
10. **Aventuras de Arturo Gordon Pym,** de Edgar Allan Poe.
11. **El rapto del dios blanco,** de Philippe Ebly.
12. **El regreso de Doble-P,** de Fernando Lalana.
13. **Cazadores de osos,** de Mayne Reid.
14. **Los días de Lina,** de Concha Castroviejo.
15. **Paparruchas,** de Fernando Martínez Gil.
16. **La expedición perdida,** de Elvira Menéndez.
17. **La isla que surgió del mar,** de Philippe Ebly.